ILAN BRENMAN

Histórias do pai da História

ILUSTRAÇÕES DE JACOBO MUÑIZ

2ª EDIÇÃO

Texto © ILAN BRENMAN, 2024
Ilustrações © JACOBO MUÑIZ, 2024
1ª edição, 2013

DIREÇÃO EDITORIAL Maristela Petrili de Almeida Leite
COORDENAÇÃO DE EDIÇÃO DE TEXTO Marília Mendes
EDIÇÃO DE TEXTO Ana Caroline Eden
COORDENAÇÃO DE EDIÇÃO DE ARTE Camila Fiorenza
ILUSTRAÇÕES DE CAPA E MIOLO Jacobo Muñiz
DIAGRAMAÇÃO Cristina Uetake
COORDENAÇÃO DE REVISÃO Thaís Totino Richter
REVISÃO Nair Hitomi Kayo
COORDENAÇÃO DE *BUREAU* Everton L. de Oliveira
PRÉ-IMPRESSÃO Ricardo Rodrigues, Vitória Sousa
COORDENAÇÃO DE PRODUÇÃO INDUSTRIAL Wendell Jim C. Monteiro
IMPRESSÃO E ACABAMENTO Log&Print Gráfica, Dados Variáveis e Logística S.A.
LOTE 790390
CODIGO 120004588

DADOS INTERNACIONAIS DE CATALOGAÇÃO NA PUBLICAÇÃO (CIP)
(CÂMARA BRASILEIRA DO LIVRO, SP, BRASIL)

Brenman, Ilan
  Histórias do pai da História / Ilan Brenman ; ilustrações de Jacobo Muñiz. – 2. ed. – São Paulo : Santillana Educação, 2024. – (Joias do passado)

  ISBN 978-85-527-2920-4

  1. Literatura infantojuvenil I. Muñiz, Jacobo. II. Título. III. Série.

  32-177908   CDD-028.5

Índices para catálogo sistemático:
1. Literatura infantil 028.5
2. Literatura infantojuvenil 028.5

Cibele Maria Dias – Bibliotecária – CRB-8/9427

Editora Moderna Ltda.
Rua Padre Adelino, 758 – Quarta Parada
São Paulo – SP – CEP: 03303-904
Central de atendimento: (11) 2790-1300
www.moderna.com.br
Impresso no Brasil
2024

Os mapas deste livro não apresentam rigor cartográfico.

Aos antigos narradores que nos
legaram um tesouro inestimável.

SUMÁRIO

A história da História	8
Qual é o homem mais feliz do mundo?	11
Qual é o homem mais astuto do mundo?	29
Qual é o homem mais sortudo do mundo?	37
Qual é o povo mais antigo do mundo?	45
Caderno de curiosidades do Heródoto	49
Coisas dos pais da História	55

A história da História

Quando era estudante do ensino médio, meu teste vocacional deu como resultado: historiador. Achei aquilo meio estranho, pois não me via como professor de História. Entretanto, cá estou, muitos anos depois, contando milhares de histórias pelo mundo afora — de certa forma me tornei um historiador.

Alguns podem dizer que a matéria história nada tem a ver com ficção, mas o início dela, em tempos antigos, foi sem nenhuma dúvida uma mescla de realidades históricas e muita imaginação dos contadores de histórias, que por muitos séculos foram a principal fonte de relatos históricos.

Uma testemunha ocular de algum ocorrido sempre contou o que viu a partir de diversas perspectivas; aquele que ouviu e escreveu o relato também registrou o que mais lhe interessou consciente ou inconscientemente.

As histórias e curiosidades deste livro foram selecionadas da minha leitura de uma obra clássica: *História*, escrita por aquele que foi conside-

rado o "pai da História", Heródoto. Ele nasceu por volta do ano 484 a.C. em Halicarnasso, capital da Cária, atual Turquia. Em sua grandiosa obra, Heródoto narra as guerras dos gregos com seus vizinhos próximos e distantes, além de descrever costumes, rituais, religiões e a geografia de regiões que conheceu ou de que ouviu falar. Na leitura percebemos que muitos registros foram escritos a partir de relatos de contadores de histórias, e com isso... Quem conta um conto aumenta um ponto.

Assim, muitas histórias aparecem dentro da História, algumas nitidamente fruto de um caldo de narrativas míticas e populares que circularam por diversos cantos do mundo. Heródoto toma alguns contos como factuais, o que torna a leitura ainda mais saborosa e instigante. Então aproveite essa viagem pelas histórias antigas e boa jornada!

Ilan Brenman

Há mais de dois mil e quinhentos anos, na região chamada Lídia, atual Turquia, um rei de 35 anos assumiu o poder. Seu nome: Creso. A inteligência e a coragem de Creso foram responsáveis pela grande expansão de seu Império, tornando Sardes, a capital, uma das cidades mais ricas e culturalmente efervescentes da época.

Muitos filósofos gregos, famosos por sua sabedoria, foram atraídos a Sardes, pois lá poderiam encontrar homens ricos que quisessem aprender com eles e, ao mesmo tempo, prover seu sustento. Entre esses sábios estava Sólon, o Ateniense, que, diferentemente dos outros, dava mais valor ao conhecimento que ao dinheiro.

Sólon havia acabado de realizar uma árdua tarefa, a pedido dos cidadãos de Atenas: redigir as leis da cidade. Terminado o trabalho, resolveu viajar pelo mundo para conhecer outras culturas e modos de vida. (Dizem que na verdade Sólon saiu de Atenas para não ser molestado diariamente pelos compatriotas, que poderiam pressioná-lo a mudar, ou anular, as leis que havia feito.)

Depois de se encantar com a cultura egípcia na corte do rei Amásis, Sólon dirigiu-se a Sardes. Após meses de viagem, adentrou os portões da cidade e ficou boquiaberto. Nunca vira tamanha riqueza e esplendor.

Um estrangeiro sempre era detectado rapidamente pela população local. As vestimentas, a forma de andar, de mexer a cabeça, tudo era indício de que uma pessoa que não pertencia a Sardes acabara de chegar.

— Caro estrangeiro, de onde você veio? — perguntou um menino muito curioso.

O sábio Sólon ficou de joelhos, na altura do menino, acariciou sua cabeça e respondeu:

— Acabei de chegar do Egito.

O menino observou bem o rosto de Sólon, olhou suas roupas e, um pouco confuso, disse:

— Eu já vi egípcios em Sardes, eles são carecas e usam perucas, não usam barba nem bigode e têm um cheiro gostoso. Você é barbudo e bigodudo e tem um cheiro ruim de quem não tomou banho. Não me parece que o senhor é egípcio.

Sólon, que continuava ajoelhado, com um olhar doce e simpático, retrucou:

— Você não me perguntou de onde eu vim? Pois então, acabei de chegar do Egito. Não disse que era egípcio. Sua pergunta devia ter sido outra. E, aliás, realmente preciso de um bom banho.

O menino ficou um tempo em silêncio, os olhos miravam o céu como que buscando compreender aquilo que Sólon acabara de dizer. De repente:

— Sim, sim! Entendi! O senhor nasceu em que cidade? — disse o menino, feliz da vida.

Sólon, cansado de ficar de joelhos, sentou-se, para espanto do menino e de alguns transeuntes que por ali passavam, e disse:

— Nasci em Atenas e meu nome é Sólon. E você, menino, como se chama?

— Meu nome é Aliata, o mesmo nome do falecido pai do nosso rei Creso — disse o menino. — Mas... o senhor é Sólon, o filósofo mais sábio do mundo? — perguntou meio encabulado Aliata.

— O filósofo mais sábio do mundo? — riu Sólon.

— Aqui em Sardes todos já ouviram falar do grande Sólon de Atenas, de sua sabedoria e conhecimento. Meu pai, sempre que falo alguma besteira, briga comigo e diz: "Realmente, Sólon esse menino nunca será!".

O filósofo não se conteve e explodiu numa gostosa risada. Depois de tomar ar, levantou-se do chão, pousou a mão no ombro de Aliata e disse:

— Diga ao seu pai que você acabou de conversar com Sólon, o filósofo de Atenas, de igual para igual. E que pior do que errar é não tentar. Adeus, menino.

Aliata saiu correndo para falar com o pai. E a informação da chegada do grande sábio se espalhou com a rapidez do vento pela capital da Lídia. O rei Creso ficou empolgadíssimo com a notícia de tão ilustre visita e mandou imediatamente convidá-lo ao palácio real.

Sólon aceitou o convite. No suntuoso palácio, antes do encontro com o rei, ganhou um bom banho, roupas novas e um delicioso banquete.

Com as forças renovadas, foi chamado ao salão real, e lá foi calorosamente recebido pelo poderoso rei Creso:

— Não posso acreditar nos meus olhos, você é mesmo Sólon, o mais sábio entre os sábios?

— Majestade, não sei se sou o mais sábio, sei que procuro sempre a verdade, mesmo que, às vezes, ela seja dolorida.

Só por essa resposta, Creso já sabia que estava diante de um grande homem. Os dois se sentaram em majestosas cadeiras, e o rei começou a fazer inúmeras perguntas ao filósofo. Estava curioso sobre a visita que havia feito ao Egito.

— Os egípcios têm muitos costumes estranhos, não é? — perguntou o rei.

— Estranhos para quem? — perguntou o filósofo. — Eles também devem achar os gregos ou os lídios muito esquisitos. Cada povo tem sua maneira de viver, mas no fundo todos buscam a mesma coisa.

— O que buscam todos os homens? — quis saber o soberano.

— A eudaimonia, a felicidade — respondeu Sólon.

O rei Creso percorreu com os olhos o grandioso salão real e teve uma ideia. Mas, antes de pô-la em prática, quis ouvir mais sobre os diferentes costumes egípcios. Sólon, então, descreveu alguns deles:

— As mulheres egípcias são as responsáveis por ir ao mercado e lá negociam suas mercadorias, enquanto os homens ficam em casa costurando.

O rei Creso não conteve uma risada, mas pediu ao sábio que continuasse.

— As mulheres fazem xixi de pé, já os homens sentados.

O soberano segurava o riso, sabia que Sólon descrevia tudo aquilo com naturalidade.

— Os filhos homens, lá no Egito, não são obrigados a sustentar os pais idosos, já as filhas sim.

— Chega, chega. Já está bom! — disse Creso. — Agora venha comigo, quero continuar a conversa sobre a felicidade em outro local.

Os dois se dirigiram a outro salão, onde havia uma escada de pedra em espiral que descia até as profundezas do palácio. Lá embaixo, Sólon foi apresentado às mais deslumbrantes riquezas do reino. Eram quantidades incalculáveis de pedras preciosas, montanhas de ouro e prata, esculturas de requinte sem igual.

O filósofo ateniense nunca vira riqueza como aquela, nem mesmo no Partenon, templo que abrigava os tesouros de Atenas. O rei Creso estufava o peito para relatar como havia adquirido tamanha fortuna. Depois de muito falar, finalmente se dirigiu a Sólon e, apontando as montanhas de ouro, disse:

— Voltemos a falar sobre a felicidade. Você que conheceu diversas culturas, povos, reis, me diga: quem foi ou quem é o homem mais feliz do mundo?

— Telo de Atenas, majestade — respondeu Sólon.

O rei não podia acreditar no que ouvia, tinha acabado de mostrar a maior riqueza de todos os tempos e esperava outra resposta.

— Meu caro filósofo, quem é esse tal Telo de Atenas para que você o considere o homem mais feliz do mundo? — disse o rei, já um pouco melindrado com Sólon.

— Ele foi um homem muito bondoso e justo, teve dois filhos e vários netos. A criação deles teve como base a virtude, a justiça, a coragem e a verdade. Depois de uma vida plena, já com idade avançada, Telo foi à guerra ajudar os atenienses a combater os seus inimigos, socorreu muitos compatriotas e morreu como herói no campo de batalha.

O soberano não gostou muito dessa história. Então, tentou novamente:

— Bom, além de Telo de Atenas, quem foi ou quem é o segundo homem mais feliz do mundo?

— Na verdade, são dois homens que merecem esse segundo lugar: Cléobis e Bíton.

Creso se contorceu de raiva e disse, ríspido:

— E quem são esses e o que fizeram?

— Foram dois jovens de Argos muito honestos, corajosos e que realizaram um feito heroico. Certa vez, a mãe deles necessitava ir com urgência ao templo da deusa Hera, que ficava a muitos quilômetros de sua casa. A mãe havia contratado um homem para conseguir bois para a sua carroça, mas os animais nunca chegavam. Vendo a mãe aflita, Cléobis e Bíton se atrelaram à carroça e puxaram a mãe por horas, sem parar em nenhum momento, até chegar ao templo. A mãe conseguiu entrar na casa terrena da deusa Hera, mas os filhos não aguentaram o desgaste físico e morreram. O povo de Argos considera esse feito digno de heróis, pois eles deram a vida pelo amor à mãe.

— Você quer me dizer que esses dois jovens tolos e comuns foram mais felizes do que sou hoje? Olhe minhas riquezas, Sólon! Como alguém é, ou pode ter sido, mais feliz do que eu!? — gritou o rei, espumando de ódio.

— Já conheci muitos homens ricos e pobres, cada um com uma história diferente. Nunca encontrei uma vida igual a outra. O que aprendi nesses anos todos é que não podemos julgar a felicidade de um ser humano antes de ele morrer. Quem sabe como serão nossos derradeiros dias? Hoje abundância, amanhã miséria? Só quando a história de um indivíduo termina é que podemos afirmar se ele foi feliz ou não — disse Sólon.

O rei da Lídia estava possesso, não acreditava na empáfia do ateniense. Aquele filósofo não podia ser considerado o homem mais sábio do mundo; só um ignorante não afirmaria que ele, o rei dos reis, era o mortal mais feliz do mundo.

— Quero que o senhor se retire do meu palácio e saia da minha cidade imediatamente! — ordenou Creso.

Sólon já vivera experiências semelhantes, ele nem mesmo entendia como ainda estava vivo depois de ter conversado com tantos monarcas. Sem perder tempo nem dar chance ao azar, o filósofo foi embora para nunca mais ser visto por aquela região.

Na mesma noite, ao deitar-se na sua aconchegante cama, Creso estava inquieto, incomodado, fruto da conversa que tivera com Sólon. E, nesse estado de espírito, o soberano teve um terrível pesadelo. Antes de contá-lo, é importante dizer que o rei tinha dois filhos: um era surdo que também não falava; o outro, de nome Átis, um jovem excepcional e herdeiro do trono real.

No sonho, o filho predileto do rei, o príncipe Átis, era atravessado e morto por uma lança com ponta de ferro. Creso despertou chocado com a visão, e teve certeza de que era uma mensagem vinda dos deuses.

Ao amanhecer, o rei ordenou que Átis fosse dispensado do exército e que retirassem todas as lanças com ponta de ferro das paredes do palácio. Mandou também avisar que aquele que se aproximasse do seu filho com uma lança com ponta de ferro seria executado na mesma hora.

Creso contou o pesadelo aos seus conselheiros, e um deles sugeriu que o príncipe se casasse, pois assim ficaria mais em casa e menos perigo correria no mundo externo. O rei obrigou Átis a se casar e ficou mais tranquilo.

O tempo foi passando, até que um dia chegou a Sardes um jovem frígio que havia matado acidentalmente o próprio irmão. Ele sabia que os lídios tinham por tradição receber culpados de crimes e ajudá-los a expiar a culpa por seu ato. Adrasto — esse era o nome do jovem frígio — pediu asilo no palácio de Creso, que o atendeu e descobriu que ele provinha de uma família nobre da Frígia.

Por meses, Adrasto foi tratado como filho pelo rei Creso. Átis também o considerava um irmão, e o frígio se tornou seu confidente:

— Não aguento mais ficar em casa, Adrasto. Quero ir para a guerra, quero me exercitar com as minhas armas.

— Átis, meu amigo fiel, você sabe do sonho de seu pai, ele só quer protegê-lo.

Enquanto os dois amigos conversavam, começou um ruído vindo de fora do palácio, uma agitação tomava conta das ruas da cidade de Sardes. Átis mandou um guarda verificar o que estava havendo, e, quando ele retornou, ouviu o seguinte:

— Príncipe, o povo está dizendo que um monstruoso javali está destruindo as plantações em volta da cidade. Os suprimentos da população estão em perigo.

Átis saiu correndo junto com Adrasto para falar com o rei.

— Já sei, meu filho, já me contaram sobre o javali. Querem que você comande uma expedição para matá-lo — disse Creso.

— Claro, pai! Vou já me preparar! — disse, exultante, Átis.

— Não! — gritou o rei. — Já respondi que você não irá!

— Mas, pai, é apenas um javali. Quantas vezes não matamos juntos inúmeros animais? Não aguento mais ficar preso, vou morrer de tédio! — desabafou o príncipe.

— Majestade, se o senhor me permitir, posso acompanhar o príncipe e prometo tomar conta dele. Seria uma forma de agradecer a sua hospitalidade e bondade — disse Adrasto.

O rei Creso ficou um tempo pensativo. Talvez uma simples caçada não fizesse mal a ninguém, e assim o filho sossegaria.

— Como no sonho a imagem era de uma lança atirada por um homem, creio que um animal não ofereça perigo. Pode ir, meu filho, mas tome muito, muito cuidado — disse o rei. — E, Adrasto, proteja meu filho com a própria vida — concluiu.

Os jovens saíram correndo, felizes com a possibilidade de mostrarem sua coragem e suas habilidades. Um grupo com os melhores soldados foi selecionado para a missão, e a matilha do rei conduziria a equipe de caçadores.

Por várias semanas, o grupo tentou encurralar o javali, mas o animal sempre fugia. Uma noite, quando dormiam no acampamento montado perto de Sardes, ouviu-se um forte grunhido, e os cachorros começaram a latir. Os jovens caçadores rapidamente acordaram e começaram a perseguição.

Num dado momento, ao encostar numa árvore para ajeitar as sandálias, Átis foi notado pelo javali, que bruscamente correu na direção do guerreiro. Adrasto, ao ver aquela cena, iluminada parcamente com a sua tocha, entrou em desespero e atirou sua lança furiosamente.

O pesadelo, então, virou realidade: a lança, em vez de atingir o animal, atravessou o coração do príncipe, que tombou no chão para nunca mais se levantar. Adrasto, chorando compulsivamente, se jogou sobre o corpo do amigo querido e, depois, o pôs nos ombros.

O jovem frígio andou por horas com Átis em cima dos ombros. Ao chegar ao palácio, estendeu o corpo do príncipe aos pés de Creso.

— Não! Não! Não posso acreditar! A culpa é minha! — berrava o rei, chorando sem parar.

— Não, a culpa é minha — disse Adrasto, contando tudo o que havia ocorrido.

O rei mandou matar Adrasto, mas nem assim sua tristeza foi embora. Por dois anos inteiros, Creso mergulhou nas profundezas tenebrosas de sua própria alma.

Parecia não haver jeito de tirar o soberano de tamanho desalento, até o dia em que um de seus conselheiros lhe disse:

— Majestade, o imperador dos persas, Ciro, se aproxima dos nossos territórios. Precisamos fazer alguma coisa.

Aquelas palavras soaram como um despertador do espírito real. Era hora de encerrar o luto e defender o reino dos possíveis invasores.

Creso reuniu seus generais e disse:

— Precisamos saber se é melhor atacar antes de sermos provocados por Ciro. Não tenho certeza de que os persas querem nos destruir.

— Majestade, por que não envia emissários aos oráculos mais importantes da Grécia e da Líbia? Mande que lhes perguntem se o senhor deve ir à guerra contra os persas — disse um dos generais.

O rei ficou um pouco pensativo e respondeu:

— Boa ideia, general. Sempre procurei saber qual é o oráculo mais confiável, e acho que posso resolver essa questão. Chamem os emissários!

Alguns homens de porte atlético apareceram. O rei então ordenou:

— Quero que cada um de vocês vá imediatamente a cada um dos oráculos mais famosos da Grécia e da Líbia. Todos devem levar a mesma pergunta: "O que o rei Creso está fazendo neste momento?". Vocês têm cem dias a partir de hoje para chegar ao oráculo e fazer essa pergunta. A resposta deve ser escrita num papel e lacrada. Entenderam?

Os emissários confirmaram com a cabeça que haviam entendido e se retiraram para cumprir a missão. Enquanto esperava o retorno deles, o rei Creso começou os preparativos para uma possível guerra. Soldados foram convocados, ferreiros trabalhavam sem parar na forja de armas, cavalos eram domados e alimentos estocados.

Quando todos os emissários voltaram a Sardes, a cidade estava agitada e o cheiro de guerra pairava no ar. O rei Creso, junto com seus conselheiros e generais, pegou as respostas lacradas e, ao lado de uma pira acesa, começou a ler uma por uma.

— Besteira! — disse Creso, lendo e atirando a primeira resposta ao fogo.

— Ridículo... — continuou o rei, atirando a segunda.

— Oráculo fajuto! — irritou-se o soberano, lançando mais uma ao fogo.

Quando quase todas as respostas tinham virado cinzas, Creso deu um grito:

— Sim! É isso!

— Leia para nós, majestade — solicitou um conselheiro.

— Primeiro, quero saber quem é o emissário dessa resposta e a que oráculo foi.

— Fui ao oráculo dedicado ao deus Apolo, em Delfos, senhor — respondeu o emissário.

— Quero saber também como foi feita a pergunta e como lhe deram a resposta — ordenou o rei.

— Majestade, ao chegar a Delfos, fiz a pergunta: "O que o rei Creso da Lídia está fazendo neste momento?". Era exatamente o centésimo dia após a minha saída de Sardes. A pitonisa, então, me respondeu: "Ele está tocando numa tartaruga, num cordeiro e em cobre".

Creso leu a resposta em voz alta, que dizia exatamente o que o emissário acabara de contar. O rei então disse:

— Meus companheiros, no centésimo dia a partir da saída dos emissários de Sardes, fui à cozinha escondido e preparei uma sopa de tartaruga e cordeiro, usando para isso uma panela de cobre.

Todos ficaram abismados com o poder de Delfos. Creso mandou sacrificar animais em homenagem ao oráculo. E enviou novamente o emissário a Delfos, com diversos presentes e uma nova e essencial pergunta: "Devo fazer a guerra contra os persas?".

O retorno do emissário foi mais rápido dessa vez; no palácio e na cidade estavam todos ansiosos com a resposta do oráculo.

— Um grande Império cairá! — disse o emissário. — Foi isso que a pitonisa me disse em resposta à vossa pergunta, majestade.

Os olhos de Creso brilharam, seu ânimo redobrou. Delfos profetizava a queda do Império persa, a guerra era inevitável, assim como a vitória. O rei foi até a janela do palácio e gritou para uma multidão que aguardava o retorno do emissário:

— Delfos confirmou nossa vitória! Preparem-se para a guerra! Ciro será derrotado!

A multidão explodiu em gritos de alegria. A Lídia seria a nação mais poderosa do mundo.

O combate contra os persas de Ciro foi sangrento, anos de batalhas e sofrimento, muito mais do lado dos lídios que do de seus inimigos. Creso não entendia: a cada mês seus soldados e posições estratégicas eram aniquilados. O oráculo de Delfos não podia estar errado, mas a derrota parecia cada vez mais próxima.

Além de derrotar Creso fora da Lídia, Ciro conseguiu adentrar Sardes: a vitória estava garantida. Creso ficou desesperado ao ver os persas marchando nas ruelas de sua cidade. Descendo do palácio, avistou um soldado inimigo, que, não reconhecendo o soberano lídio, foi em direção a ele com um punhal na mão.

— Pai, cuidado! — gritou alguém atrás do rei.

O rei se virou e viu o filho surdo: ele havia falado pela primeira vez! Creso, que queria ser morto pelo inimigo, tamanha a tristeza que se apoderara de sua alma, decidiu revidar e matou o persa. O soberano então se lembrou de uma antiga profecia que lhe fizeram quando este filho nasceu: "Quando ele falar, a desgraça cairá sobre seu reino".

Creso não tinha mais saída, o fim realmente estava próximo. Ciro mandou capturar o rei e seus generais. Todos foram acorrentados e levados até a praça principal; lá seriam queimados vivos em sacrifício aos deuses persas, que haviam dado a vitória aos inimigos dos lídios.

Ciro ouvira falar no poder de Creso e de seus deuses, mas, vendo-o naquela situação tão humilhante, não encontrou nada de excepcional no monarca lídio. A força de Creso estava completamente destruída, esmagada, sua alma transbordava infelicidade.

Antes de Ciro mandar atear fogo aos inimigos, Creso se lembrou de Sólon e do que ele lhe dissera: "Quem sabe como serão nossos derradeiros dias? Hoje abundância, amanhã miséria? Só quando a história de um indivíduo termina é que podemos afirmar se ele foi feliz ou não". Chorando com a lembrança das palavras do homem mais sábio do mundo, Creso olhou para o céu e gritou:

— Sólon! Sólon! Sólon!

O rei persa não entendeu o que Creso havia gritado e solicitou a um intérprete que traduzisse. Acontece que o soldado responsável por acender o fogo não ouviu o pedido de Ciro e jogou uma fagulha na palha que envolvia os lídios.

O fogo ardia, os generais gritavam, e Creso olhou novamente para o alto e implorou o auxílio do deus Apolo. Então o céu, que estava límpido e azulado, começou a escurecer, e uma chuva torrencial desabou sobre Sardes, apagando a fogueira sacrifical.

Ciro aproximou-se dos lídios, fez que lhes tirassem as correntes e, impressionado com aquilo tudo, mandou perguntar a Creso quem era Sólon. O intérprete contou a Ciro toda a história que ouviu do rei lídio, e o soberano persa ficou muito tocado com aquela narrativa, pensando sobre sua própria jornada na terra. Qual seria o final de sua história?

Ciro conversou por horas com Creso, decidindo que a partir daquele dia o lídio seria seu conselheiro particular. Creso aceitou o convite na hora, mas, antes de começar sua nova vida, solicitou a Ciro que o deixasse partir para Delfos, pois precisava falar algumas verdades para o oráculo farsante. O rei permitiu e mandou que soldados persas o acompanhassem.

Ao chegar a Delfos, Creso disse à pitonisa:

— Você me enganou! Fui à guerra por sua causa e perdi tudo!

A pitonisa, que era uma mulher dedicada exclusivamente a interpretar e verbalizar a linguagem dos deuses, respondeu:

— O problema não foi minha resposta, e sim a sua interpretação dela. Eu disse: "Um grande Império cairá!". E caiu, você não percebeu?

As pernas de Creso começaram a tremer. Subitamente um clarão invadiu a sua mente, e ele disse:

— Como fui arrogante, esnobe e cego! Claro, "Um grande Império cairá!": o meu Império caiu. Devia ter perguntado qual Império, mas agora é tarde. Sólon e os deuses me deram uma lição.

A pitonisa se retirou, e Creso, acompanhado dos soldados persas, saiu em direção à sua nova vida.

Qual é o homem mais astuto do mundo?

Rampsinito foi um rei egípcio muito famoso pela riqueza que acumulou no seu reinado. Ele gostava de obras opulentas e grandiosas. (Dizem que foi ele que mandou construir um enorme e majestoso templo em homenagem ao deus ferreiro, Hefesto. Na frente do templo determinou que esculpissem duas estátuas, cada uma com doze metros de altura: uma representando o Verão e a outra o Inverno. As pessoas levavam oferendas e prestavam homenagens ao Verão, já o Inverno era ignorado e até maltratado.)

Depois de muitos anos de prosperidade, preocupado com a segurança de seus tesouros, Rampsinito mandou erguer um edifício para guardar sua fortuna. Um hábil arquiteto foi incumbido da missão, porém, no meio do trabalho, foi enfeitiçado pelas riquezas que o cercavam diariamente e decidiu colocar uma pedra falsa para que, no futuro, pudesse furtar o rei.

Assim que terminou a construção do forte, o arquiteto ficou muito doente. Prestes a morrer, ele chamou seus dois jovens filhos e contou o segredo da pedra falsa. Os filhos do arquiteto choraram a morte do pai por um mês inteiro, mas já no segundo mês começaram a planejar a furtiva visita ao tesouro real.

Seguindo as instruções que o pai deixara, os jovens entraram pela primeira vez no principal recinto do forte. Seus olhos quase queimaram por conta da luminosidade que o ouro real produzia. Passado o choque e o deslumbramento, os dois começaram a encher uma sacola com peças preciosas e rapidamente foram embora, sem deixar nenhum sinal de arrombamento.

O primeiro furto não foi notado pelo rei, nem o segundo nem o terceiro. Entretanto, a cobiça dos jovens não cessava. Vendo que ninguém desconfiava de nada, a ousadia aumentou, e a quantidade de peças furtadas acabou por despertar a atenção do rei.

Rampsinito resolveu fazer um teste, mudando algumas peças de lugar no recinto principal do forte; e, assim, confirmou sua desconfiança. O rei ficou furioso, se perguntando quem era o louco que ousava roubar o grande soberano. Decidiu agir. Mandou preparar algumas armadilhas mortais, que espalhou pelo forte inteiro, principalmente na sala onde o tesouro estava desaparecendo.

Os jovens, que não desconfiavam de nada, abriram novamente a pedra falsa, mas, assim que colocaram os pés no recinto principal do forte, uma armadilha atingiu mortalmente um dos irmãos. Antes de dar o último suspiro de vida, o jovem atingido disse:

— Irmão, rápido, corte minha cabeça e a leve com você.

O outro não teve nem tempo de responder, o irmão estava morto. Ele entendeu o pedido: o rei poderia identificá-lo e mandar prender e executar toda a família deles. Chorando muito, o irmão sobrevivente cortou-lhe a cabeça e saiu com ela pela pedra falsa.

No dia seguinte, o rei ficou estarrecido com a cena do corpo sem cabeça. Os ladrões eram mais espertos do que ele pensava. Mas ele também era um homem muito astuto e arquitetou um plano. Chamou um guarda e ordenou:

— Pendure o corpo sem cabeça na praça principal. Se alguém se aproximar e começar a chorar ou lamentar-se, prenda-o imediatamente!

Assim que o corpo sem cabeça foi pendurado na praça, o povo começou a se aproximar. Os guardas observavam atentamente a todos.

A viúva do arquiteto e mãe do jovem morto ficou sabendo de toda a história pela boca do filho que sobreviveu. Ela estava transtornada e disse ao filho:

— Se você não tirar o corpo do meu menino da praça, eu mesma vou ao rei denunciar o que vocês fizeram.

O jovem então bolou um plano. À noite, com a praça vigiada somente por três guardas, passou com uma carroça puxada por um burrico bem ao lado deles. Sem que os soldados percebessem, derrubou no chão, de propósito, três odres repletos de vinho. Quando os guardas foram ajudá-lo, ofereceu a eles como agradecimento um dos odres.

O recipiente de vinho foi tomado, e logo se seguiram os outros dois: a alegria havia se apoderado dos soldados. E todos sabem que depois do vinho e da alegria vem o sono. Os três guardas roncavam profundamente enquanto o jovem tirava e escondia o corpo do irmão na carroça. O jovem cumprira o desejo da mãe.

Ao saber que o corpo do ladrão havia desaparecido, o rei espumou de tanta raiva. Queria porque queria pôr as mãos nesse homem tão inteligente quanto ele.

Depois de uma noite mal dormida, o rei teve uma ideia. Chamou sua filha, a princesa real, e disse:

— Filha, tenho uma missão para você. Sua beleza é inigualável, os homens moveriam montanhas para desposá-la. Quero que use o seu encanto para descobrir quem está roubando e enganando seu pai.

— Mas como farei isso, pai? — perguntou a princesa.

— Você irá conviver com os súditos como se fosse um deles. Quando se aproximarem e quiserem conversar com você, primeiro terão de con-

tar o que fizeram de mais pérfido e ardiloso na vida. Com sua beleza, todos falarão sem parar.

— E o que tenho de ouvir, meu pai?

O rei contou sobre o roubo, o corpo sem cabeça e o seu sumiço na praça principal.

— Quer dizer que, se eu ouvir alguém relatando que foi culpado disso tudo, tenho de gritar para os guardas o prenderem?

— Isso mesmo, filha. Guardas reais disfarçados de súditos estarão sempre perto de você.

A princesa foi à luta, passou dias e semanas vivendo como uma mulher comum do povo, ouvia histórias e mais histórias de maldade e astúcia. Depois de um mês, o jovem ladrão bateu os olhos na princesa e se apaixonou perdidamente. Aproximou-se dela e disse:

— Qual é seu nome?

— Antes de lhe dizer meu nome, conte-me qual foi a coisa mais pérfida e astuta que você fez na vida.

O jovem ficou deslumbrado com aquela mulher e estava prestes a lhe contar suas façanhas. Mas, quando observou as mãos dela, pensou: "Que mãos delicadas! Não há um único calo. Mãos da realeza, sem dúvida".

A princesa aguardava mais uma história e, impaciente, disse:

— Não tenho o dia todo, vamos lá, entretenha-me com as suas histórias.

— Eu prometo lhe contar uma história inacreditável, que você nunca ouviu, mas não pode ser hoje. Amanhã à noite me encontre na praça principal.

A princesa não teve tempo nem de dizer adeus. O jovem tinha saído em disparada.

Na noite seguinte, a princesa aguardava ansiosa o jovem. Assim que o avistou, correu em sua direção e pediu:

— Vamos lá, não tenho o dia todo, conte-me a sua história.

O jovem a levou até uma parte escura da praça e começou seu relato:

— Meu pai foi arquiteto do rei e construiu seu forte. Lá ele colocou uma pedra falsa, que eu e meu irmão usamos para roubar o soberano. Um dia, meu irmão foi morto por uma armadilha dentro do forte e, para que não fosse possível identificá-lo, cortei-lhe cabeça. No dia seguinte, seu corpo estava pendurado nessa mesma praça, e minha mãe me pediu para resgatá-lo. Assim o fiz, embebedando os soldados que o vigiavam.

A princesa tremia inteira ao ouvir a história. Ela havia finalmente encontrado o homem que procurava. Tomando coragem, segurou forte, como uma pinça, o braço do jovem e gritou para os guardas, que estavam escondidos atrás de uma tenda no centro da praça:

— Guardas! Guardas! Corram! Encontrei o culpado!

No exato momento que a princesa gritou, o jovem saiu em disparada. Na mão da princesa havia ficado apenas um braço falso, feito com palha e madeira.

Os soldados e a princesa ficaram confusos ao ver aquele braço, não entendiam como aquilo era possível. Até perceberem a artimanha, o jovem já tinha fugido para bem longe.

A princesa voltou ao palácio frustrada com sua missão. O rei Rampsinito a consolou, e ficou tão impressionado com a inteligência do homem que decidiu perdoá-lo. Então, mandou que seus emissários espalhassem a notícia de que perdoaria e ainda daria a mão de sua filha em casamento a tal homem, se ele se apresentasse perante o rei.

Palavra de rei era coisa séria. O jovem se apresentou ao rei Rampsinito, casou-se com a princesa e tornou-se um dos principais conselheiros do reino.

Qual é o homem mais sortudo do mundo?

Depois da morte de Ciro, Cambises, filho do grande rei persa, assumiu o poder no reino e herdou, como conselheiro real, o sábio Creso, aquele que tinha sido rei da Lídia e perdido tudo por não compreender o vaticínio do famoso oráculo de Delfos.

Dizem que Cambises não lembrava em nada a genialidade do pai e que tinha pavio curto, o que provocava muito sofrimento e ódio em seus inimigos e compatriotas.

Às vezes, não temos ideia de como uma guerra sangrenta pode ser fruto do rancor pessoal, do ódio de um ser humano por outro, algo pequeno que depois se torna grande e desastroso. Pois não foi outro o sentimento que motivou a guerra deflagrada por Cambises contra os egípcios.

Tudo começou quando o grande Ciro ainda vivia. O rei persa solicitou ao soberano egípcio um médico especialista em olhos, no que foi prontamente atendido. Porém, o médico enviado à Pérsia não gostou nada de deixar a família e seu país para viver numa região que considerava inóspita e com um povo bárbaro.

Quando Cambises assumiu o poder, o médico começou a incitá-lo a pedir em casamento a filha de Amásis, rei do Egito. O médico sabia que, se Amásis não autorizasse o casamento, o rei persa o odiaria com todas as forças do mundo, e uma guerra seria inevitável.

Amásis não sabia o que fazer quando o embaixador persa chegou ao Egito com a proposta de casamento. Ele detestava os persas, mas sabia de seu poderio militar invencível. Teve então uma ideia: chamou Nitétis, filha de Ápries, soberano que ele mesmo havia destronado, e a enviou como sua filha à Pérsia.

Não demorou muito para Cambises descobrir toda a farsa. O rei persa declarou guerra total a Amásis e seu povo. Entretanto, quem sofreu com a invasão não foi Amásis, que logo morreu, depois de quarenta e quatro anos de um longo e justo reinado. A humilhação da derrota ficou nos ombros de seu filho, Psamético, que presenciou as atrocidades cometidas pelo rei persa.

Cambises a cada dia ficava mais sanguinário e louco; seus conselheiros não conseguiam dissuadi-lo de suas maquinações tenebrosas. Ele profanava túmulos e templos egípcios, aprisionava e matava todos aqueles com quem não simpatizava.

O único homem com coragem para mostrar os desvarios do rei era o conselheiro Creso, que foi algumas vezes sentenciado à morte por Cambises. Mas os soldados, conhecendo seu rei, escondiam o conselheiro até que o soberano se arrependesse e o chamasse de volta.

Num desses momentos de arrependimento, Cambises chamou seu conselheiro favorito:

— Creso, estou em chamas, meu coração arde, meu peito arfa de um jeito estranho... O que faço?

O conselheiro percebeu que a feição do rei estava sombria, era como se uma nuvem espessa flutuasse sobre a cabeça real. Ele sabia que Cambises gostava de histórias, quem não gosta?, e propôs:

— Majestade, quer que lhe conte uma narrativa?

Os olhos de Cambises se acenderam, ele se endireitou no trono e respondeu:

— Claro! Conte aquela de Polícrates.

— Polícrates era o rei da ilha de Samos e tinha cem navios de cinquenta remos, além de mil homens sob seu comando. A fama desse soberano estava estritamente ligada à sorte que o acompanhava: não havia batalha perdida, ação desastrada, intempéries que o impedissem de conquistar, pilhar e acumular riquezas incalculáveis.

"Amásis, o rei egípcio, fez um acordo comercial com Polícrates. De longe, o soberano das pirâmides observava a sorte suprema do parceiro e começou a ficar preocupado com tamanha prosperidade. Decidiu então dirigir-lhe uma carta:

> *Vejo de longe sua sorte e prosperidade, mas, em vez de alegria, certa inquietação envolve meu coração. Sou conhecedor do ciúme dos deuses, eles não perdoam os homens completamente felizes. Sou a favor do equilíbrio entre azar e sorte, pois assim podemos suportar e compreender melhor a vida. Tome meu conselho, amigo. Procure entre seus bens aquilo que lhe é mais precioso e desfaça-se dele. Caso a sorte continue depois dessa ação, esqueça tudo que lhe escrevi.*

"O rei de Samos ficou horas relendo a carta de Amásis; talvez ele tivesse razão. Ficou pensando no objeto que lhe era mais caro e, olhando para a própria mão, concluiu ser o anel de ouro incrustado com uma enorme esmeralda o que procurava. Aquele anel era um talismã para Polícrates, nunca o tirava do dedo, nem para dormir ou tomar banho.

"Com grande pesar, o rei retirou o anel do dedo, o observou e ordenou que preparassem seu navio. Em alto-mar, com muitas testemunhas a bordo, Polícrates atirou o anel com toda a força do mundo para as profunde-

zas do oceano. Ao retornar ao palácio, o rei já estava arrependido daquela ação insana.

"Uma semana depois, um pescador de Samos havia voltado feliz como nunca à sua humilde casa, pois pescara o maior peixe de sua vida. Observando a iguaria, decidiu que aquele era um presente digno de um rei e, sem pensar duas vezes, saiu correndo em direção ao palácio real.

"Polícrates recebeu o homem simples com muita simpatia e aceitou o presente como prova da bondade que nutria por seu povo. Em troca do peixe deu ao pescador uma bolsa repleta de moedas de ouro e o convidou para apreciarem juntos a iguaria.

"O peixe foi levado à cozinha, e, pouco depois, ouviu-se um rebuliço por lá. Todos gritavam e riam sem parar. De repente, o cozinheiro real adentrou o salão do palácio com uma bandeja na mão e, em cima dela, o peixe presenteado com a barriga aberta.

"Polícrates ficou extasiado: dentro da barriga do peixe estava o anel que havia atirado ao mar uma semana antes. Ele imaginou que os deuses realmente gostavam dele. Pediu um papel, escreveu com detalhes o que acabara de acontecer, selou a carta e mandou um mensageiro levá-la ao rei Amásis o mais rápido possível.

"O soberano egípcio, ao ler a carta, teve certeza de que aquilo significava que um dia o azar viria de uma só vez bater à porta de Polícrates, e decidiu romper a aliança com o rei de Samos."

— É uma bela história, Creso — disse Cambises, já com o rosto mais descontraído. — Você sabe que eu conheci Polícrates, ele nos ajudou a combater os egípcios.

— Sim, majestade. Lembro-me do senhor me contando sobre esse encontro — disse Creso, satisfeito com o resultado da sua história na alma do rei.

Em muitos outros momentos Creso foi chamado para acalmar o rei. E depois de sete anos e cinco meses de um reinado de muita turbulência, Cambises morreu em decorrência de um ferimento. A sucessão real também não foi nada tranquila, até que novamente assumiu o trono persa um rei que faria história: Dario. Porém, essa é uma outra história...

Os egípcios sempre se consideraram o povo mais antigo do mundo, porém, ao assumir o trono de seu reino, Psamético ouviu de alguém que o povo mais antigo do mundo era o frígio. Aquilo inquietou a alma do soberano, e ele resolveu pesquisar a respeito dessa informação.

Após muitos meses de estudo, a dúvida permanecia. O rei teve então uma ideia, a seu ver, genial. Para descobrir qual povo surgiu primeiro, seria necessário explicitar antes qual língua veio primeiro: a egípcia ou a frígia?

Para conseguir a resposta, Psamético criou o seguinte estratagema: mandou buscar dois bebês recém-nascidos de mulheres bem pobres, comprou-os e os confinou numa cabana no meio do campo. Duas babás foram contratadas para cuidar deles, mas elas tiveram a língua cortada! Por quê? Porque o soberano queria que as crianças não ouvissem nenhuma voz humana; assim, quando pronunciassem as primeiras palavras, estas pertenceriam, sem sombra de dúvida, à língua mais antiga do mundo.

O experimento começou, e um pastor foi incumbido de levar alimentos para as crianças, com a proibição expressa de falar com elas. Depois de dois anos, o pastor começou a notar que, sempre que abria a porta da cabana, os bebês gritavam:

— Becos, becos, becos...

No início o homem não deu muita bola para aquela palavra estranha, mas, de tanto ouvi-la, decidiu contar ao rei.

Psamético mandou chamar as crianças imediatamente, e de novo os meninos começaram a falar: "Becos, becos, becos...". Entre os que observavam a cena, estava o embaixador egípcio, que por obrigação profissional sabia várias línguas.

— Caro embaixador, você entende o que eles dizem? — perguntou o soberano.

— Sim — respondeu o embaixador.

— Então diga logo! — ordenou o rei.

— Majestade, eles estão com fome.

— Como você sabe? — perguntou Psamético, já irritado com o homem.

— Eles querem pão, "beco" significa pão — disse o embaixador, numa vozinha bem fraca.

— Em que língua?! — gritou o soberano.

— Em frígio, majestade.

Psamético ficou em silêncio. Percebeu que sua experiência tinha dado certo, mas o resultado não foi o que esperava. Sábio como era, se deu por vencido e mandou avisar que os frígios eram o povo mais antigo do mundo.

Caderno de curiosidades do Heródoto

Heródoto era um aventureiro de sua época. Sua sede por conhecer e compartilhar o que aprendia fez com que viajasse bastante, isso há quase dois mil e quinhentos anos. Suas observações e comentários nasceram a partir de uma visão grega do mundo, isto é, de um olhar de quem acreditava que a cultura helena era o ápice das civilizações então conhecidas. Veja alguns fatos curiosos que ele registrou a partir de suas andanças.

Curiosidade I

Heródoto conta que os lídios foram um dos primeiros povos a fabricar moedas de ouro e prata. Mais interessante ainda é que o historiador os descreve como inventores de vários jogos, como os praticados com dados. Curioso e fascinante é o motivo que os teria levado à invenção dos jogos: durante um período de fome extrema, os lídios criaram jogos para se distrair, passar o tempo e esquecer o ronco na barriga. Num dia jogavam sem comer, e no outro comiam sem jogar. Quantas vezes nos esquecemos de comer quando estamos brincando ou jogando? Sábios esses lídios...

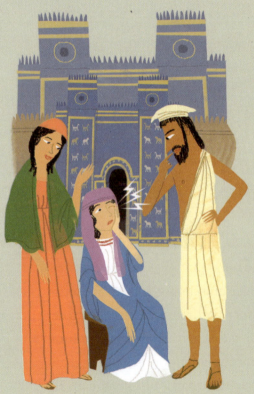

Curiosidade II

Na Babilônia, Heródoto nos conta que não existiam médicos. Por isso os doentes eram levados à praça pública, onde os cidadãos saudáveis eram obrigados a parar diante deles e lhes perguntar de que doença padeciam. Caso a doença relatada já tivesse acometido o sujeito saudável ou ele tivesse conhecimento dela, este tinha o dever de ensinar ao enfermo o que fez ou o que outros fizeram para resolver o mesmo problema de saúde.

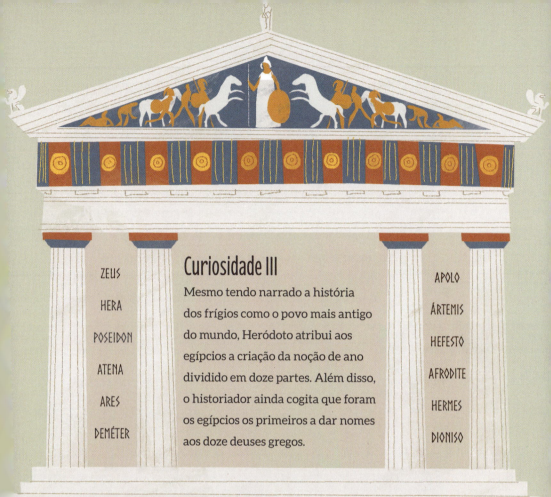

Curiosidade III

Mesmo tendo narrado a história dos frígios como o povo mais antigo do mundo, Heródoto atribui aos egípcios a criação da noção de ano dividido em doze partes. Além disso, o historiador ainda cogita que foram os egípcios os primeiros a dar nomes aos doze deuses gregos.

ZEUS
HERA
POSEIDON
ATENA
ARES
DEMÉTER

APOLO
ÁRTEMIS
HEFESTO
AFRODITE
HERMES
DIONISO

Curiosidade IV

O historiador relatou com muito detalhe e interesse os costumes egípcios. Além daqueles que o sábio Sólon narrou na primeira história deste livro, havia outros como: quando alguém morria, diferentemente de outros povos, os egípcios deixavam crescer o cabelo e a barba; eles não comiam a cabeça dos animais, pois a consideravam impura; também não comiam porcos, o animal mais impuro de todos para eles.

Curiosidade V

Os persas achavam desvairados os povos que erguiam templos e altares aos deuses. Eles não acreditavam que os deuses tivessem forma humana, e por isso não faziam estátuas para representá-los. Os persas adoravam doces, mas comiam pouca comida sólida. Também adoravam vinho, e eram proibidos de fazer xixi e vomitar na presença de outras pessoas, o que em outros povos era considerado normal. Para saber a condição social de um persa, era só observar como se cumprimentavam na rua. Quando dois homens se beijavam na boca como forma de saudação, significava que ambos eram de uma classe elevada. Caso um dos homens fosse um pouco inferior ao outro, beijavam-se nas faces. E, finalmente, se um se prosternava diante do outro, aquele que se curvou era de uma classe social muito inferior.

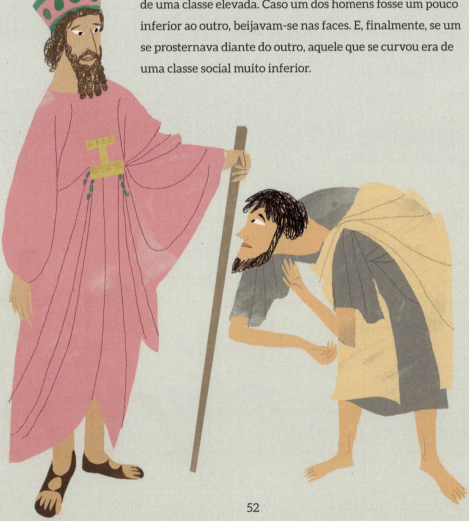

Curiosidade VI

O rei persa sempre dava prêmios anuais aos casais que tinham mais filhos. Quanto mais filhos um homem persa tinha, mais viril era considerado. A educação das crianças, isto é, dos meninos, começava aos cinco anos e terminava aos vinte. Eram apenas três coisas que lhes eram ensinadas: atirar com o arco, montar a cavalo e dizer sempre a verdade.

Curiosidade VII

Heródoto nos conta o seguinte costume de um povo chamado trauso: quando nascia uma criança em tal povo, os membros de sua família ficavam em torno do recém-nascido e começavam a descrever em voz alta todos os problemas e sofrimentos que o bebê viveria. Todos se lamentavam pelos obstáculos vindouros que aquele pequeno ser enfrentaria. Em compensação, quando algum trauso morria, a família o enterrava com alegria e comemoração, já que o morto acabara de se desfazer de todos os problemas do mundo.

Coisas dos pais da História

Mapa sem rigor cartográfico

HERÓDOTO

Certos nomes valem a pena ser guardados — e decorados. *Heródoto* (Ἡρόδοτος) é um deles: ele foi um geógrafo e historiador grego, nascido no ano de 484 a.C., na cidade de Halicarnasso, antiga capital da Cária, hoje conhecida como Bodrum, na Turquia. Heródoto é conhecido como o "pai da História", o primeiro a praticar aquela que é a disciplina mais antiga do mundo ocidental, a "anciã" de todas as ciências tanto porque trata do passado quanto por sua longevidade.

O "pai da História" viajou muito e percorreu boa parte das mais importantes referências da Antiguidade, passando pelo Egito, pela Líbia, pela Babilônia, pela Pérsia e pela Macedônia. Com toda essa bagagem nas costas, ele foi se convertendo em um historiador de mão cheia, numa época em que as guerras faziam parte do cotidiano das pessoas. A partir das histórias que conta sobre suas experiências, conhecemos não só as curiosidades da vida no Egito como também acontecimentos importantes relacionados à Itália da época, ou mesmo a agenda das Guerras Médicas, que acabaram por opor Grécia e Pérsia no século V a.C.

Esse era um mundo em tudo diferente do nosso, mas Heródoto era um grande narrador e por isso nos permite viajar bem junto dele aos mais longínquos lugares, como se de fato tivéssemos feito as malas e partido nessa inusitada máquina do tempo, prontos para desbravar universos culturais e sociais desconhecidos.

Hoje se acredita que os registros de Heródoto — que logo ficaram conhecidos pelo título de *Histórias* — tenham sido escritos entre 450 e 430 a.C. A princípio, todas as narrativas apareciam juntas, sem subdivisões temporais ou temáticas. Só muito tempo mais tarde a obra foi separada em nove livros, formato mantido até os dias de hoje. Os seis primeiros volumes contam a história do desenvolvimento do Império persa, até sua derrota em 490 a.C. Já os três últimos recuperam a política do rei Xerxes da Pérsia, que procurou vingar-se da dura derrota ocorrida em Maratona dez anos depois do ocorrido. O episódio final descreve a expulsão dos persas em 479 a.C., após a batalha de Plateias, que encerra essa espécie de "saga da Antiguidade".

Descrito dessa maneira, o livro de Heródoto se parece muito com os nossos compêndios de história atuais, marcados por sequências temporais, com começo, meio e fim. No entanto, se olharmos mais a fundo, vamos nos surpreender com muitos aspectos. Em primeiro lugar, nos escritos do cronista grego não há uma narrativa seriada, aquela em que um fato leva a outro. Ao contrário, a sensação é de que tudo sempre ocorre ao mesmo tempo. Em segundo lugar, o estilo do escritor é no mínimo particular: ele vai e volta na descrição dos eventos; introduz grandes reflexões filosóficas e, mesmo sem saber, inaugura este "gênero" que hoje faz, a cada dia, mais sucesso: a História.

É certo que antes de Heródoto existiram outros autores que escreveram grandes crônicas e épicos apimentados, sempre com o objetivo de descrever o passado para melhor guardá-lo. No entanto, pode-se dizer sem medo de errar que Heródoto inaugurou uma forma especial de captar o passado e driblar a memória. Isto é, mais do que uma mera compilação de datas e fatos, a História deveria ser uma disciplina orientada por problemas filosóficos e conduzida por questões que se originam não em um passado longínquo, mas no presente. Afinal, o homem é homem porque as gerações sempre agiram, pensaram e se portaram, se não de forma igual, ao menos de maneira comparável às gerações anteriores. É olhando para as figuras do passado, e para as coisas que fizemos, que podemos tirar lições para o presente e também para o futuro. Não que todo historiador seja capaz de fazer exercícios de futurologia e predestinação: nada é previsível ou absolutamente diagnosticável. Mas, de toda maneira, a História nos ajuda a rever o passado para pensar mais sobre nós mesmos.

A obra de Heródoto sofreu uma série de críticas, que a chamaram de parcial, incompleta e por vezes incorreta. Além do mais, muitos acusaram o "pai da História" de cometer plágios, por ter copiado histórias alheias, descrito viagens que não realizou e apresentado episódios que com certeza não presenciou. Mas o fato é que pouco se sabe da vida pessoal de Heródoto e, portanto, também não se pode apostar sobre os locais onde esteve ou deixou de estar. De toda maneira, mesmo que fosse ligeiro, ele não poderia estar em tantos lugares ao mesmo tempo. Ou seja, ele escreveu mais sobre o que ouviu falar do que sobre o que realmente viu com os próprios olhos.

O importante é que, ao que tudo indica, Heródoto foi obrigado a fugir de Halicarnasso por conta de um golpe de Estado frustrado em que esteve envolvido. Nosso historiador teria atuado contra a dinastia no poder e foi obrigado a exilar-se na ilha de Samos. Parece que jamais regressou à sua cidade natal, apesar de sempre se referir com orgulho a ela e à rainha Artemísia, contra quem atentara. Dizem os especialistas que foi por conta do exílio que Heródoto passou a viajar, financiado pela família e impulsionado por um tio, que também era um poeta épico.

Se não há como ter certeza acerca dos paradeiros de Heródoto, sua carreira de sucesso como *logios* — um recitador público de prosa, ou seja, de histórias — é muito conhecida. O reconto apaixonado das batalhas, a descrição de monumentos, de festivais religiosos e atléticos, da vida e dos

costumes em locais distantes e exóticos — tudo feito em arenas dispostas nas praças públicas — fizeram a fama do nosso herói historiador.

Parece que com a Guerra do Peloponeso (que opôs duas grandes potências gregas, Atenas e Esparta, em 431 a.C.), Heródoto interrompeu a sua atividade principal como contador de histórias e passou a redigir suas falas, seus *logios*. E essa foi a origem de suas *Histórias*.

Todo esse período, no entanto, permanece bastante enevoado. Ninguém sabe ao certo como o historiador morreu e em que condições escreveu... Esse é um terreno do devaneio e de muito mito. O importante é que Heródoto nos legou uma determinada fórmula de fazer História, que acabou por se separar do exercício da ficção. A História, apesar de seu apego à narrativa, teria um porto seguro na realidade e na certeza de que as coisas "assim aconteceram". Algo como: "você está lá, porque eu (o historiador) estive lá e presenciei tudo isso". Tal modelo daria origem a um ofício, cujos profissionais com certeza "não estiveram lá", mas se aparelham de documentos e fontes que fazem com que, de alguma maneira, sintam e até imaginem estarem por lá, além de — o mais importante — falarem dos fatos com a veracidade de quem esteve lá.

Como historiadora do Império brasileiro que sou, gostaria de fazer uma humilde confissão: não poucas vezes me pego sonhando e discutindo com d. Pedro II, participando da viagem de d. João ao Brasil em 1808, ou presenciando a abolição da escravidão, em 1888. Sabemos que tal deslocamento físico e temporal não tem chance de ocorrer, assim como hoje temos certeza de que também Heródoto não podia estar em todos os lugares que descreveu.

Vale mais destacar como, desde muito cedo, os limites entre ficção e não ficção, entre mito e metáfora, sempre foram escorregadios e avessos a fronteiras rígidas. A própria palavra História já revela que a matéria-prima da disciplina é a narrativa, a qual aproxima os profissionais do tempo aos profissionais da imaginação. Não há como reconstituir dados sem se deixar levar um pouco pelas asas da imaginação; não há como ler documentos sem sonhar a partir das informações que trazem.

Dos tempos de Heródoto aos dias de hoje, muita coisa mudou, e a História mais ainda, tendo passado por várias vogas diferentes. A historiografia já foi mais política, depois econômica, mais tarde social e hoje cultural. Por outro lado, tais ênfases convivem todas juntas, e atualmente estão ainda mais embaralhadas por conta da interdisciplinaridade. Heródoto, além de historiador era também geógrafo e flertava com a etnografia e com a filosofia, isso em uma época em que essas divisões mais canônicas mal existiam.

O livro que você tem nas mãos é de alguma maneira fruto dessa relação híbrida entre ficção e realidade. Ilan Brenman é igualmente um mestre da narrativa oral e escrita, e desta vez foi beber na fonte do mestre Heródoto. É claro que essa união da História com um grande contador de histórias só poderia ter resultado em uma viagem tão inspiradora como esta. Mais ainda, com este livro temos mais uma vez a certeza de que uma história nunca tem fim; na verdade, uma história puxa outra, e assim vamos. Agora é a sua vez...

Lilia Schwarcz

Lilia Schwarcz é historiadora e antropóloga, doutora em antropologia social pela Universidade de São Paulo (USP) e professora titular no Departamento de Antropologia da mesma universidade.

Autor e obra

Ilan Brenman é filho de argentinos, neto de russos e poloneses. Ele nasceu em Israel em 1973 e veio para o Brasil em 1979. Naturalizado brasileiro, Ilan morou a vida inteira em São Paulo, onde continua criando suas histórias.

Ilan fez mestrado e doutorado na Faculdade de Educação da USP, ambos defendendo uma literatura infantil e juvenil livre e com muito respeito à inteligência e à sensibilidade da criança e do jovem leitor.

Recebeu diversos prêmios, entre eles o selo "Altamente Recomendável" pela Fundação Nacional do Livro Infantil e Juvenil, os 30 melhores livros do ano pela Revista *Crescer* e o prêmio White Ravens (Alemanha), o que significa fazer parte do melhor que foi publicado no mundo.

Seus livros foram publicados na França, Itália, Alemanha, Polônia, Espanha, Suécia, Dinamarca, Turquia, Romênia, México, Argentina, Chile, Vietnã, Coreia do Sul, China, Taiwan entre outros países.

Atualmente percorre o Brasil e o mundo dando palestras e participando de mesas de debate em feiras de livros, escolas e universidades sobre temas contemporâneos nas áreas de cultura, família, literatura e educação.

Para conhecer mais o trabalho do Ilan:
www.ilan.com.br

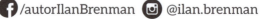 /autorIlanBrenman 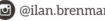 @ilan.brenman

Arquivo do ilustrador

O ilustrador

Nasci na Galiza, na Espanha, em 1973. Ilustro desde criança, pois sempre senti que era uma maneira de entender melhor a realidade, de assimilá-la e de torná-la minha.

Quase quinze anos atrás, comecei a tentar transformar esse *hobby* em meu modo de vida. Lembro que naquela época várias pessoas me incentivaram e me disseram que era necessário perseguir os sonhos até que se tornassem realidade. Podemos ou não conseguir, mas pelo menos precisamos tentar. E... aqui estou eu! Ilustrando livros com histórias que outros escrevem, histórias que nos ajudam a sonhar, a conhecer melhor o mundo e a torná-lo nosso, a olhá-lo com outros olhos, a senti-lo de maneiras que talvez, por nós mesmos, nunca teríamos imaginado. E é bonito pensar que algo semelhante também pode ser feito com as ilustrações.

Jacobo Muñiz

Para conhecer mais o trabalho do Jacobo:
 @jacobomunizilus